歌集

平津の坂

桜井健司

本阿弥書店

平津の坂　目次

I

II

Ⅲ

Ⅳ

装幀　長谷川周平

歌集　平津の坂

桜井　健司

I

スマートフォン

春泥の付く昇降口《ステップ》の扉《と》を閉めて通園バスは走り去りたり

初夏の野にイーゼルを置く音のよう　子が少年を卒《お》えゆく気配

多摩川の帯かがやくを渡り終う白き駅発つ夜の電車に

自転車を漕ぎて少女は過ぎゆけり初夏の両輪きらきらさせて

綿菓子に顔近づける夏ありき空ゆ囃子の降りる気配す

液晶の煌めきに指の穂先当てスマートフォンに春を呼び出す

告白はスマートフォンから放たれぬ飛び立ちてゆく伝令の鳩

火を熾す寂しさに似て雨の中　水に濡れたるこころ泳がす

ＮＴＴひかりに乗せて情報は春のスマホに運ばれて来る

糖分や脂質に悩む肌寒き世代の奥に君も入《い》りゆく

遁走をすることもなし然あれど泥に靴先よごれていたり

重きことひとつだになき来し方やまひるまに浮く茫々と　月

銀行員永井荷風の外套をはためかせたり明治の風は

グローバリゼーションなる語の無き時代　永井荷風の眼鏡、ステッキ

灯の下《もと》に微音曳きつつ飛べる蚊の力なきゆえ冬は近づく

西行と定家の間《あい》によこたわるクレバスの色　夜は思えり

十二月三十一日。

歳晩とう濃き時間《とき》ありて朝《あした》には向かいの人が窓磨く見ゆ

冷房

冷房の薄らかに効く廊を抜け秘書課のドアの木肌の前へ

食卓に秋の気配は来たるらし梨の涼しき食感に会う

日本橋兜町は勤務先（二首）。

幾重にも母音子音を重ねたる金融街に雨降りしきり

殉教と殉職の微差解きながら兜町への橋を渡りき

ゆっくりと立ち上がるときどこからか零れ落ちたり玄関の鍵

憤死とはいかな死なるや暁のバスが三叉路左折をしたり

圧さえられ突き上げられて攪拌をされて地面に溶けてしまいぬ

とりあえずのぼるしかなし地下鉄の駅を出《い》でては雨にし打たる

*

遅刻して入る朝《あした》の会議室　深く静かな怒りに出会う

景況

景況はマイナス金利に寄り添いて鈍色をなす地へと沈みき

霙降る静けさにして如月は債券相場の湧き上がりけり

景況を白く埋める如月の雪を見上げぬ道のまなかに

喧騒の中を抜ければ鍵を解くごとく耀う冬の日没

空に向け傘をひろげて数学を教えに行きし青年の背な

青年は髪濡らしつつ帰宅せり雨に煙れる木立を抜けて

*

机上には事業計画の束ありて付箋のみどり昼をゆらめく

貴社、御社、弊社なる語が交渉の結末に向け飛び交いており
渋谷駅改札の奥より現わるる専務が波に揉まれておりぬ
地下鉄が高架を走る景に会う渋谷駅前　風が乱れる

渋谷なる駅頭に向け街をなす道玄坂をわれはおりゆく

階《きざはし》をひとり登りき半身は秋の冷気にじわりと軋む

牛乳の温き皮膜にゆっくりと口づけてのち女《ひと》は消えゆく

＊

昨夜見し猫の白きがこの朝庇《あした》の上に丸く寝ており

散りぼう春

緩やかに熟睡《うまい》の底に沈みゆく愉楽思えば夏はせつなし

径を発ち舞い上がりたる透明の小《ち》さき袋は何処に行きしや

暮れ方は薄き陽の入《い》る部屋にいて障子の桟を指もて拭う

書きなずむ詩をひとまずはここに置き雨の中なる大路に出《い》でん

玄関の小《ち》さき明かりは灯りおり勤務解かれて夜に帰れば

風邪をこじらせていた。

病院から帰り来たりて灯をともす気怠くありて寒し夕べは

春にして微熱がわれの身体に纏える予感　今日は帰らな

海を見にわれは行きたし疲れたる眼《まなこ》に汐を映さんとして

われを乗せひんがしへ発つのぞみはも熱海を抜けて神奈川に入る

褒められる、妬まれることおよそ無く軽き身のわれ　橋を渡りき

壮年とう不思議な語感　中空に散りぼう春の花を見上げて

鉛筆とう温き語感の文具もて静かに明日の予定を記す

わたくしの中に息づく壮年は淡く疲れて樹氷を見上ぐ

煌煌と桜に花を咲かせたる暖かき季《き》を卯月は連れて

労働を溜め込むことの言い訳を背負いつつ行く春の竹群

「結果を出せ」「成果を見せろ」という声がここに響きて春ぞ闌けゆく

杉花粉

幾億の花粉が微風に漂える季《とき》の来たれり　空を見上げる

春の視界滲ませている杉花粉　はげしく朝に降り注ぐかも

むず痒き鼻腔晒して出社するわたくしがおり　四月の終わり

相聞を詠まんとせしが春霞と共にたなびく花粉に嚏

過敏なる鼻持つ友も嚏して花粉漂う春を怒れり

弥生、卯月、いっせいに花粉吹き上がる苦き季節を君も恐れて

春真昼　鼻炎に悩む列島を逃れゆきたし西の孤島へ

湧き上がる杉花粉こそかなしけれ東風《こち》吹くなかに洟を啜りぬ

古書店

ちはやぶる神保町に降り立ちて時間の匂う古書店に入《い》る

古書店の奥に多《さわ》なる未整理の書が見ゆ店主の咳く向こう

万巻の書の谷あいを通り抜け冬の終わりの古書店を出《い》づ

さおだけ屋はこの夕暮れを通り過ぐ棒先に秋を光らせながら

神奈川と相模の差異を思いつつ小田急線に午後を南下す

白亜紀の風が吹くらし　企画書の端が僅かに揺らいでいたり

薄らかに温《ぬく》き日射しの入り込む図書館に来て窓辺に座る

ひなげしは初夏に揺らぎぬ漱石が則天去私を言いたるこころ

*

冬の夜《よ》の窓を開ければ隣人が寒き月蝕見上げておりぬ

平津の坂

平津《ひらつ》とぞ名の付く坂はほの暗し秋の傾斜を人はのぼりぬ

暮れなずむ身がゆっくりとのぼる果て北斗七星の輝きに遇う

ほの暗き坂は平津と呼ばれたり　よもつひらさか暮るる十月

微熱持つ身を歩ませて夕暮れの坂へ至りき　坂をくだりぬ

春なれど雪は降りけん。そうでなく、花の散りぼう坂をくだりぬ。

のぼるとき四肢は疼きぬ寒風に吹き下ろされて払暁の坂

身の奥を凍らせている冬にして夜に入りゆく平津の坂は

わたくしを乗せる夕べの自転車は下り坂へとさしかかりたり

＊

湧き水の光る心は何処にあらん　平津の坂をゆっくりくだる

百年前

身体を震わせている木々に遇う　百年前の風の音《ね》聞こゆ

丘陵をめぐる風あり神奈川県都筑郡をば渦巻く気配

都筑郡石川村を蛇行する早渕川に揺るるひかりは

神奈川県橘樹郡に隣り合う都筑の村は冬の陽を浴ぶ

川田順生まれし土地は浅草区三味線堀とう美《は》しき東京

叢

三月尽　家族《うから》と夕餉の刻におり白き切り身を箸にて崩す

はるじおん　はるじおんとう声のする　濁音のまま撓う叢《くさむら》

少しずつひかり濃くなる季《とき》とならん　桜並木の下をくぐりぬ

舗道には花の片々流れおり桜並木が少し嬉しい

常にして不快そうなる表情の軍医鷗外　その猛き髭

「反戦と厭戦の差は」鷗外の髭のようなる曇天見上ぐ

まるき蓋ぽきりとまわしてはずしたりペットボトルの水を含みぬ

五月に金環日食を見た（二首）。

太陽は淡き輪となり人々の目にはむかしの空が映りぬ

君もわれも空のひんがし仰いでは大き句点を称うまた誉む

*

ザザムシと蚕のさなぎ食みいたり舌は笑いぬ信州の味

秋

幽かなる羽音鳴らして纏いつく蚊のあり不快を打ち払いたり

飛天図を奈良の都の古刹にし見上げていしは去年《こぞ》の秋日

夕刻の郵便受けの蓋開ける　葉書、新聞零れて来たり

仏教徒《Buddhist》 Steve Jobs 失いて米国加州に風わたる秋

落葉《らくよう》の始まりにける街路樹の下をふわりと歩めり妻は

茂吉歌集『つきかげ』はあり満身が定型になった斎藤茂吉

与謝野代議士筆談の音さびしけれ咽頭を病み声失いし

仏蘭西のひかり揺るるや Léonard Foujita の耳に下がれるピアス

Ⅱ

戦後もの憂く

祖父《おおちち》に背負われて冬の野におりぬ淡き影曳く楡となるまで

左右《さう》にこそ乱るるぞかし淡々とまた懐かしく戦後を語る

いっさいはあの夏の日を起点とし戦後もの憂くなりて久しき

箸先に遅々とまわして毀しゆく卵黄にまぶす夏のひかりを

あの日より戦時国債は神木の葉と化りにけり　誰知るらめや

八月尽　土管と士官の違いこそ工廠跡の上のあおぞら

*

祖父《おおちち》は寡黙なれども時折は昭和の空を語りてぞ美《は》し

聖夜

スコップに雪掬い上げ隅へ寄す　現れてくる古き階段

雪まろげ作りし頃の幼年の白き時間を手繰り寄せたり

壮年と中年の差は何ならん時間の渦に巻き込まれゆく

白猫の瞑想を見つ仏典の擦り切れたるをさびしむような

親指の爪を蜜柑の皮に刺す　降雪のなか終わる聖夜は

西荻窪の古書店に寄る。

古書の匂い淡く放ちて書肆は揺る中央快速過ぐるかたわら

江ノ島を発ちて葉山に近づきぬ西方ゆ吹く風の鳴る春

甲府を訪問。

相州の隣といえど遠きかな鉄路にて入《い》る甲斐のまなかへ

失言を糾されている大臣《おとど》おり失言は今どこを漂う

中年は辛味濃き鍋囲みたり同窓会に集う六人

頭髪の白の濃淡腹の脂肪互みに笑う　五十歳《ごじゅう》笑いぬ

＊

卒業に涙ぐむ娘《こ》と出会いたり三月の古き講堂のまえ

五月の庭

景況の手触りぞよき日経を夜半《よわ》の机上に折りたたみけり

稜線を越えて五月は来たるらし風のぬるきに帽子飛ばされ

隣人は少年とその父母にして五月の庭に鯉を掲げつ

少年は父ともないてはつなつの鯉のいくひらひきあげにけり

いくつもの初夏従えてくるように粽食《ちまき》みつつ少年は笑む

かさぶたを剝ぎてしばらく血の滲む幼年の日の記憶を辿る

＊

月餅の厚き艶にし齧りつく汝《なんじ》の歯こそ愛しきものを

彼岸花

開聞岳見えて南端ほのぐらし長崎鼻に終わる日没

住宅ローンを返済中。

抱えたる土地と家屋の残債に滴りている汗の粒はや

秋のみず飲みて潤うのみどあり　うすあおいろの時間が滲む

秋真昼　スマホの暗き画面にし残る指《おゆび》の脂さびしも

晩秋に枯れゆく色の彼岸花夕べに深く錆をまとえる

彼岸花静かに朽ちて暮れ方は無に還すため寒き日が射す

日向の国　―九月に妻の父死去（八十五歳）―

払暁は日向の国へ南下してひかりの奥に花を供えん

霧島山が見える。

向こうには連山見えてもうここにおらずなりたる妻の父はも

医師の手を離れて此処に運ばれぬ　深く静かな瞑目に会う

入棺の時を迎える。

亡骸をのせた真白き敷布団　皆で持ち上ぐ　かるきなきがら

父はもう一艘の舟となりにけり秋のひかりも入棺をする

父の生《しよう》いまし括らる納棺師の所作清しきを呆と見て坐す

読経する若き僧はも斎苑を越えてその声空に溶け合う

葬送の黙《もだ》ふかきなか持ちており妻は位牌をわれは遺影を

義父は若い頃、小説家志望だったが、いつしか見切りをつけ、
草稿は全て自ら焼いて捨てたという。

作家への志望を疾《と》うに葬《はぶ》りては草稿を焼く無念、火の色

南九州出身の義父は酒を愛したが私は下戸であった。

「ケンジさんは、よう酒呑まれん、ぐらしかなあ」と笑いて逝きしや

「ぐらしか」は、かわいそうの意。

葬送を終えて夕べに帰り来て深く眠らん秋の終わりは

九州は曇天にして肌寒し菩提寺を訪い納骨をせり

「ちちのみの」枕詞の語感こそ柔らかくして九月尽かな

*

「土に返す」は寂しき言葉　潦《にわたずみ》うすくひかるを鳥は啄む

知覧特攻平和会館

かすかなる灯り受けいる壁面は千三十六の遺影を掲ぐ

あどけなき顔の数多《あまた》を掲げたる壁面を過ぎ館《かん》の奥処へ

少年の書きたる遺書に囲まれて惨にして酷　時間が凝《こご》る

特攻兵の少年は決《け》して見ることなし炎を上げる自らの機影

「絶対に泣いてはいけません」今村少尉は母宛の遺書に記す

少年の遺書はも墨のかすれたり多くを占める母への手紙

少年が出撃前に走らせる筆のかすかな音の聞こえ来

壁面の角を曲がれば遺書のまえ涙ぐみいる妻佇《た》ちており

真命《まいのち》を棄つる瞬間《とき》まで起居せしとう三角兵舎を樹影が覆う

「散華とはなんぞ」とわれがわたしに問う　樹影が揺れて応《いら》えるばかり

冷気

一筋の冷気入りぬ点鼻薬垂らしてのちの開く鼻腔に

積雪にもがいていたる東京を朝のニュースははや報せおり

さねさし相模の春は丹沢山系の向こうに富士を白く掲げつ

夕光に浸されている稟議書は縁がすこしく傷んでおりぬ

没り陽、あるいは冬の終わりの月明かり　われはいずれに心寄りゆく

かたわらを過ぎれば土の匂いせり春の更地に小糠雨降る

*

急行はあまたの眠り乗せながら夜にかがよう駅へと入《い》りぬ

軽装

ネクタイのなき軽装のあふれ出す初夏《はつなつ》の都心　昼がきらめく

七月の空へとつるをからませるゴーヤーは苦き緑を垂らす

秋の夜《よ》にさよならと告げ去年《こぞ》去りし義父《ちち》の遺品の眼鏡鋭し

義父《ちち》去ぬる季《とき》はふたたびめぐり来てあの日と同じ十六夜の月

血糖値いよよ高まる身体を糺されて午後の検診にいる

病には決《け》してあらざりさはいえど加齢の軋み寄り来るらしい

新聞を朝にひらけば天気図は寒冷前線まとわせており

費用対効果厳しく問うことは無意味、野暮ゆえ歌集、歌書よし

庭には明治

死語となる古語を抱えて秋真昼国語教師は廊を曲がりぬ

秋冷のおよぶ列島　煙りつつ午後をわずかに動く金利は

笑まいつつ執行役員出《い》でて来る　扉のひらく会議室より

小学校一年の時の記憶。
地球儀を買いに行きたる記憶あり昭和四十四年の夏の雑踏

空映す水たまり見ゆ　古き詩集、詩書売る書肆へわれは行きたし

神代《じんだい》の空はいかなる色をしておらん　氷菓をスプーンに崩す

文庫本の古今和歌集、新古今和歌集を夜にひらく（三首）。

昔より比喩のあかりを放ちたる月ありありひとの唇照らす

友則から送られて来し書簡にはひさかたのひかり挟まれてあり

新古今　虚辞のあまたを垂れ流し八百年のひかり恋おしき

冬の日の眼に満つる海あるときは一つの波に海はかくるる　佐藤佐太郎

ごと、ごとし、ごとき、ようなる、比喩重ね浪の裏側見せる海かも

「強兵を願うこころはうつくし」と明治が来たりて富国を唱う

＊

二葉亭四迷は文語をたたみ終え雨戸をあける　庭には明治

西行あるいは擬古典様式

西行は肩と頭に雪をのせ菴の前にたどり着きたり

「草菴は贅の極み」とう説ありて西行全集暁《あけ》の静けさ

株主総会は九月に開催された。

あやまたず総会果ててこころなき経営者から鴫立つゆうべ

擬古典様式の社屋薄暗く秘書室に置く山家集かな

十月は雨の酸性染み込みぬ西行法師は菴にて寝ぬ

夏草のしげりのみゆく思ひかな待たるる秋のあはれ知られて

ほの暗き古典籍こそ愛しけれ待たるる秋の大路を渡る

柴の菴は住み憂きこともあらましをともなふ月の影なかりせば

昼なれど菴にし寝る法師おり季をたがえては夏雲の湧く

歎けとて月やはものを思はするかこち顔なるわが涙かな

景況の見通しを汝《な》に問いたればかこち顔にて涙語りき

本歌三首はいずれも『山家集』より

「西行は万葉歌人」と主張する女人にし会う秋のなかばに

ポケットに庵の鍵を確かめて花を見上げる生得の歌人

「脊髄に法師が住む」とう妄言を昼の枯野に立つ汝《なれ》に吐く

西行と佐藤義清その差異の狭間に季《とき》は花をひらかす

*

古典籍ひとつだになきブックオフ　古りたるものは読まれずなりぬ

蔵書の山

雨後にして薄く開《ひら》きし雲間よりひとすじ吐かる初夏のひかりは

後鳥羽院、定家執念し　双子座を冬の空より引きおろしけり

九州に住まう親族一人欠け葉月の森に風ぞ吹くらし

拾遺愚草読みて気怠し白樺を組みたる書棚欲しと思いぬ

積み上げし蔵書の山を崩しつつ千載和歌集探す野の春

*

月曜の訓令は朝の風に乗る　営業部室を過《よ》ぎるかたわら

Ⅲ

東国へ　―ほかの歌体（仏足石歌体）と親和する試み―

もうすでに離《か》れぬるひとにまた会えるごとき心地や　花の湧く季に都へと入《い》る

東京ゆ放たれて来しのぞみ号　京都駅へと着き滑らかに入京をする

近江過ぎ京都を越えて大阪へ　すずやかにして新幹線の響きと語感

東国や「棄京《ききょう》」なる意と言の葉を偽書に探しぬ　図書館出《い》でて夕べを帰る

「奠都宣る草稿をいま早く書け」　官吏と侍従は幕臣に言う　秋の昏れ方

大阪への遷都は実現することはなかった。

大阪と大坂の差異、都と府の差異、思《も》いて憂うも上阪の途上旅寝をぞする

多摩川を越えて離京を　淀川を過ぎて帰阪を　川こえるたび足のもつれて

大阪は商都であって帝都ではない。

与謝野晶子、織田作之助　天帝を映さぬ川とみやこを如何に思いて書かん

これやこの民意を深く問うことの意義語る人やや早口に春の河内で

両脇に河内、難波を引き連れて指定席にて春の花咲く東国へ下る

三月

小野ヨーコと同じ齢《よわい》の母が佇《た》つ　桃の花咲く畑《はた》のまなかに

三月の夜は怠惰な浮力もつ陰嚢《ふぐり》を湯船に沈めていたり

ゆうぞらを見上げていたる管理職　積乱雲が山に近づく

良き日になれ良き日になれと繰り返し布団被りて暗がりにいる

決算によりて利益は確定し三月尽のビル耀えり

好況の営業収益愛しかり新芽のごとく湧きてくるらし

語尾強く上げて収益質したる株主もいて進む総会

まいまいをつまみ上げては子に渡す記憶のありぬ　いつのことなる

三月の雨を地面に染み込ませ叢《くさむら》は春の匂いを放つ

白秋と晶子好みて啄木を厭うあなたと樹下を過ぎにき

側面に多摩川、荒川したがえて首都の棺のかたちこそよし

払暁

払暁に投げ込まれたる新聞の冷えさだかなる音を聞きたり

昇進を君に言祝ぐ宴《えん》におり銀杏腐す晩秋の午後

冬号の会社四季報に問いかける「さむし?」と聞けば「さぶし!」と返す

「しじょう」とキー打てば「市場」と出てしまい「詩情」に遠き秋の日没

昭和九年　汐汲坂の夕暮れを中島敦が降りて来たりぬ

秋の陽の照りに晒され担架なる上に横臥し雲を仰ぎぬ

意識が朦朧とする。

「頭から出血のため脳神経外科へ向かいます」声のみ聞こゆ

救急車逐《お》わるるごとく走り出す車体を左右《さう》に軋ませながら

病院に到着したらしい。

サイレンの止みて麓に到着す　扉《と》は開《ひら》かれて　空の現わる

「ここ見よ」と告げつつ医師は指先をわがまなかいに左右《さう》に動かす

写りたる白き影あり脳《なずき》には粗塩のごと凝《こご》るその影

病室の寒くしあれば吉野秀雄の天井凝視の歌を思いき

*

病棟に西陽の射してやわらかき夕食の来る　額《ぬか》上げて食む

茶房

鳩の鳴く森へ入《い》りては見上げおり樹間より射すわずかなひかり

朱き実の秋に熟すを満身にぶら下げて柿の一樹静けし

家族《うから》らに看取られて逝くは至福かと茶房の隅にて問われていたり

港湾のほとりに住める子が今日は帰省す海のひかりまといて

明日からは模擬試験とぞ　大学の教室に待つ椅子と机は

「良き医師になれ」と電話に告げたれど「ああ」と短く答えたるのみ

奈良県に櫻の井なる井戸ありてひとり覗きぬ　深さ九尺

かたわらに寝言を漏らすひとのおり闇に浮かびて消えゆく言葉

叔父逝きて父の兄弟また欠けぬ　棺運べば冷たし秋は

われにかも似る面差しと見ていしがやがて閉じらる棺の小窓

身罷りしひとを送りて親族は散会をせり秋の向こうへ

マイナスとなりたる金利はたちこめて金融市場の空を暗くす

月面の土地を分譲するという記事あり夕刊の折れ目のあたり

プロレタリア短歌の怒りを読了す　水を掬いて顔に押し当つ

停留所

身の奥に呻く音がす　体力の下降はじまる速度と思え

たたなずく休日を経て初夏に入る　薄日射したる五月のまなか

打つ雨のかすかなる音聞きながら身体を湯に深く沈めん

歯の痛み記す定家の陰鬱も載せて明月記　風に捲れる

西方につね憧れし雲水を記す書物の閉じられてあり

漱石の妻と太宰の妻がいま射手座の裏に落ち合う気配

新しき手帳ひらきて明日の予定少しうつむきひっそり記す

雫する傘を持ちたるわが前にバスは朝《あした》の扉をひらく

畳まれし翼の先から雫する傘と立ちたりバスの車内に

＊

朝戸出のわれは陽射しの中を抜け駅までの坂駆けのぼりたり

半月見上ぐ

「私《わたくし》」という字体が「払《はらい》」に似ることを思う払暁　まだ眠られぬ

頭《ず》の中に空気膨らむ気配して片頭痛いまだ終わらず、いまだ

鼻血つと滲み出づるらし喉の奥錆のごときが仄かに匂う

霞立つ春日駅出て石筍のごときビル置く街に出会えり

ひとつ得ればひとつ失う生のある　紅く凍れる半月見上ぐ

感冒の微熱の残るわれの身を都心へ運ぶ東急は疾《と》し

相聞歌、挽歌こもごも読む夜はかすかな風に呼び止められる

四月の舗道

轟音と共に空家の崩さるる景あり四月一日にして

自分は酒が呑めない。体質が受け付けない。

痛飲の果て見えるらしい泥濘の愉楽というがついにわからぬ

酩酊と素面《しらふ》の間《あい》は何ならん横浜《はま》の北限霞たなびく

勤労に疲れておればかたわらの白きつぼみに午後は癒やさる

＊

四月一日に武川忠一先生逝去（五首）。

みすずかる信濃の国のまなかには冬を凝れる湖《うみ》のあるべし

みずうみの面《おもて》しずかに撓うかなはや信州の風吹きはじむ

童女らと石の仏に手をひかれ帰りたまえり湖のほとりに

挽歌《ひきうた》に心添わせて瞑目す　四月真昼間　花咲くばかり

*

県央の湖《うみ》を激しく吹き上げる風と会うまで　とおい信州

霧

五十四歳となった。

磯野波平とおんなじ年齢《とし》になりまして、帽子の裏に風を掬えり

ぬばたまの闇を静かに帰り来て霧まといたる木の扉押す

ケータイとう語句もＷｅｂもＩＴもなきうつつこそ記憶茫々

明け方は腓返りに襲われて低く呻きぬ　猫が見ていた

殼剝きて即ちここに現わるる朝の卵の艶やかな白

心身がぽきりと折れる音のせり首と両肩ゆっくり回す

バスを詠む（二首）。

ゆっくりと大き身体《からだ》を揺すりつつ春の街へとバスは発ちゆく

架線より火花散らして走りゆくトロリーバスあり昭和の時代

またたく間に舗道の色を黒くする雨は夕べの涼を運びぬ

山形を訪問（四首）。

「つばさ」へと上野駅より乗り換えて山形駅に着くまでの時間

雑踏も超高層も見ることなしこころ安けし小路《こうじ》の日暮れ

高橋由一筆「山形市街図」。

由一描く官庁街の暗きこと前世のごとし秋に思えば

日没の山形を発ち帰京せりビル一万棟かがやくみやこ

冬の公孫樹

風と雨止みし夕べの秋空はかすかな虹をとおくに掲ぐ

樹下を掃く若き僧おり落葉《らくよう》とともに冷気も掃き寄せてゆく

御社名、御担当者名、顔失念　申し分けなし　朧となりぬ

大阪を訪問（二首）。

ひんがしの都を出《い》でて西へ行く　勤務といえど少し華やぐ

淀川を越ゆる車内に愉しげな関西弁に巻かれておりぬ

猫じゃらしの穂を振りてまた揺らせという　夕べは猫に遊ばれている

歌集の扉《と》少しひらきぬ　酒に酔う歌と目が合う　羨しきろかも

あおぞらを掻くごとく枝《え》を動かして冬の公孫樹は高き鳥呼ぶ

＊

少しずつ視力失う白秋の歌を読みたり卯月の終わり

図書館

夕暮れに坂をくだりつわたくしの生《しょう》の下巻の入り口の付近

佐太郎の『帰潮』読み了え佐太郎の眼力怖し　海に近づく

『帰潮』から『地表』へ向かう幽かなる風の匂いす古書閉じる午後

ほのぐらき書架に歌集を戻したりもう誰もいない午後の図書館

茫々と記憶にし在る御真影　昭和の座敷は掲げていたり

好況にただ乱舞する瞬間のありしを思う　昭和晩節

あの家と家の隙間の暗がりに古タイヤ二本捨てられてあり

ジグザグになりたる影を曳きながら初夏の階段　静かに降りぬ

Ⅳ

琺瑯看板

歩を止めて太き老樹を見上げおり枝の向こうに瞬きながら

宿題と闘う夏の記憶あり生家の狭庭に咲きし夕顔

「働き方改革」問われ父さんは有給休暇をとりて端居《はしい》す

福井を訪問（四首）。

湖のかたわらを行く特急に北上したり　まもなく敦賀

福井駅西口に出て傘開く　雨の中なる越前さむし

越前の海の轟き聞かぬまま福井の街を去ぬる一月

福井駅静かに離れ南下する列車に午後は運ばれてゆく

岐阜羽島までの景色。

米原を発ちて窓には雪の舞う関ヶ原の景流れてゆきぬ

平成が退いてゆく四月尽　平成最後の雨が地を打つ

令和元年五月となった。

元号をわれも跨ぎて生くるらし列島は初夏に入《い》りゆく気配

琺瑯看板を見かけた。浪花千栄子、大村崑の絵柄。

昭和疾《と》うに去んで錆びたる琺瑯《ホーロー》の看板は笑む冬のひかりに

医師からは身体機能の低下など告げられており冬の入り口

歳晩の声の高きが聞こえて来　破魔弓を売る沿道を過ぐ

低く低く揺らいでいたる金利あり冷え極まれる地表の上を

暗がりは常に優しき場所にして雪は狭庭の隅に残りき

*

夕刻は機密情報詰まりたるＵＳＢを持ちてぞ歩む

環状線

新聞の文字小さきが滲む午後いよよ視界があやしくなりぬ

遠近の差異のくぐもる夕間暮れ老いへかたむく視力思えり

「人間は完成へ向けて老いゆく」とう高説垂れる本を閉じたり

「収益を上げて結果を残せ」という訓令天降る二月尽かな

一筋の雲の白きを引きながら機影は尾根の向こうへと消ゆ

相州と相模、神奈川その狭間縫うようにして江ノ電過ぎぬ

中空へ触るるばかりに花揺らす河津桜や風を愉しむ

部屋ぬちのテレビの中にてＣＭは家族の小《ち》さき愛を語りき

＊

帰宅途中、午後十一時頃。

疲弊して環状線に寝過ごすとう　ひとめぐりして渋谷のあたり

山あい

山あいをうねる列車に揺られつつ青年は夏の生家に帰る

ベランダに掛かるシーツは膨らみぬ夕べの緩き風を孕みて

ひっそりと落ちてしまえり晩夏なる線香花火はひかり失う

括られて隅に置かるる古新聞　秋空のした回収を待つ

新聞は白き紐にし縛られぬまこと秋とは寂しき時間

石走る近江訪いたし緩やかに湖《うみ》のほとりに秋の風立つ

襲いくる競争原理や海中《わたなか》に放り込まれて君も揉まるる

十月の風恥《やさ》しきをまとう午後誰かに文《ふみ》を書きたくなりぬ

然あれど「寒し」と「寂し」の差異こそはわずかなれども枯れ木の揺るる

秋終わる「抒情」と「叙情」を比ぶれどその差いまだにわからずにいる

いっさいの音聞こえざる枯野あり降りしきる雪しばらくあおぐ

日焼けしていよよ黄変深まるを　あわれ静かな昭和の歌集

「頼む」とぞ確かに夕べ言われしが何を頼まれいたるわれなる

空と桜

きのうより鈍く痺るる右の腕ぶら下げて朝は電車に乗りぬ

身体に淡き疲労を凝らせて見上げておりぬ空と桜を

「ＵＮＩＱＬＯは褻《な》れ衣《ごろも》なり晴衣《はれぎぬ》にあらざり」と言う人に出《い》で会う

吐血して貧にも喘ぐ慟哭の吉野秀雄を読みき　惨たり

湘南とうかぐわしき地に江ノ島の縁《ふち》を洗える波を見ており

さねさし相模の海を視界に入れながら三浦半島　バスに南下す

をさなごよ汝《いまし》が父は才《ざえ》うすくいまし負《おぶ》へば竹群に来も　宮柊二

みずからを「才うすく」と詠む宮柊二　冬のほとりにさざ波及ぶ

深く棲むわれの記憶のひとつにて夜をかがよう茸の寓話

電源をすとんと落とせばパソコンの黒き画面にわたしが映る

ポルシェへと斜めに身体《からだ》くぐらせて起業家の友　夕べを発ちぬ

おちこちに春の電磁波立たしめてタブレットひらく此の会議室

*

照る月はやがて樹木に隠されぬもう人生の後半は過ぐ

ウイルス

発端は、二月にクルーズ船が寄港したことから。

埠頭にし接岸をする船の報　はやき電波に運ばれて来も

ウイルスが地上を覆う恐ろしさ囁いている春のマスクは

此れの世と口・鼻・喉を遮断する数多のマスクと電車に揺らる

暁の薄明に死をおもふことあり除外例なき死といへるもの　斎藤茂吉

除外例なく人はマスクす　「除外例なき死」を詠む晩春の斎藤茂吉

＊

緊急事態宣言が発令された。

兜町。前後左右に人がいない。見渡す限りコロナが嗤《わら》う。

兜町。大路行き交う車がない。舗道の上を風がころがる。

車無き車道を渡る　ウイルスを怖じて静もる都心のまなか

屈葬のごとく身体折り曲げて経済は息をひそめていたり

ウイルスを恐れていたる街に来て音無き世界へ潜りゆくとは

もう二度と戻れない世があるらしい　恐れつつ聴く五月の雨を

アクリルの板の向こうにウイルスは片笑みて問う「密とは、何ぞ」

わたくしと人のあいだに透明の板あり板の反射鋭し

経済の凝る静かな夕つ方　降りしきる雨　地へと吸われつ

「コロナ後」とう粗き言の葉　うらおもて翻らせて夕風を受く

在宅勤務が推奨された。

家に居てなおも職場と結ぼれる電波の紐のひかり思うも

リモートを用いて百人に語りおり二百の耳がわれの声聞く

ウイルスの話題をいくつ散りばめてリモート会議は夕べに及ぶ

オンライン会議のさなかしばしばも電波は崩れわたしを弄ず

電子なる機器の向こうに顔見えず　わたしの声は洞《うろ》へと吸わる

疫病に脅かされて暮るる都市　無量大数の電波飛び交う

ウイルスに憑依されたる人の死も載せて土曜の朝刊厚し

此処にも其処にも留まる鴉は叫声をあげて猛暑の午後を怒れり

渦中ゆえ一日《ひとひ》を家に籠もるのみ　息殺せども息に淀む空気は

＊

秋に入《い》る気配未だなし　未だ渦中終わることなし　夏の薄片

記憶

「なんにでもなれる」と大人に鼓舞さるる十代ありき　古き混濁《こんだく》

亡き人の破顔も永久《とわ》にとどめたる古きアルバム　古語のごとしも

鉛筆は樹木の頃を記憶せり　木の手触りをてのひら覚ゆ

北へ向かう梅雨前線さびしかり関東平野も夏に入るらし

死者に手を合わす八月めぐり来る　木霊ひそんでいるような森

それぞれの労働の量《かさ》抱えたる百人を乗せ電車加速す

一生の労働量の累積を思えり夜の地下鉄の車内

＊

昨《さぞ》の夜《よ》のテレビ画面の速報は春をふるわす地震《ない》を伝えき

三月の夜に来る地震《ない》　憂悶のあの三月が呼び戻されぬ

傾り

身体の中をもつれて流らうる水脈ありいかな音しておらん

あまりにも古語とは遠き職に就き夏の向こうの逃げ水ぞ輝《て》る

鯵《あじ》の眼《め》の白く濁るに睨まれて少し焦げたる身を裏返す

鍋を囲む。

牡蠣ひとつ湯気の中より引き上げて冬の夕べは箸をうごかす

赦す相、許さざる顔いくつもの貌思い出す　日の暮れ早し

宮柊二を厚く迎えし時代ありＦ製鉄の気息思いぬ

おおどかに社員遇する昭和という時代が遠く確かにありき

心身がもう毀れてる　休日は湾の深きに錨を降ろす

港湾の隅に捨てられもう疾《と》うに忘れ去られて　錆びた錨は
透明の傘ひらきたりいっせいに冬の雫はおもてをつたう
段《きざはし》をのぼりゆく午後魂の底よりゆっくり息を吐きだす

＊

近景に老後を置きてゆるやかな坂の傾《なだ》りをただくだりゆく

あとがき

近隣に「平津《ひらつ》の坂」と呼ばれる坂がある。なぜ、そのような名称なのかは、自分は知らない。住宅街の中を貫く、片側一車線の坂である。何の変哲もない坂ではあるが、結構、傾斜は険しい。

この坂を路線バスが通っている。降雪の日など、タイヤがスリップする危険があるらしい。激しい雪の日には、バスによる登坂は困難を極めることから、乗客は全員、坂の下の停留所で降車を求められる。降車後、乗客は徒歩で坂をのぼり、坂の上の停留所に待機しているもう一台のバスへと乗り換えを余儀なくされる。このように、雪の中を一区間歩かされることとなる、とても面倒な坂である。

しかし、自分は、「ヒラツノサカ」という言葉にとても惹かれている。現世と他界を隔てる坂「黄泉比良坂《よもつひらさか》」と言葉の響きが似ているせいだろうか。面倒なのに惹かれる、それは短歌も同じかもしれない。そう思い、この坂の名称を歌集名として借用した。

今、自分は、短歌という長い坂をのぼっている。

＊

前歌集の刊行より十年経過した。本書は四十代後半から五十代後半までの作品を収めた第四歌集になる。四百余首を収めた。編集段階で作品の移動を繰り返したため、必ずしも編年体に拠っていない。現実の生活は、表現する上で着想を得るための単なる素材やヒントにすぎないのであって、本集を事実のみに依存した雑記帳として読んで欲しくはない。その一方、短歌というのはとても不思議な詩型で、どう扱ってみても行間から「わたくし」が顔を覗かせてしまう。そこが短歌の面白さであり、また恐ろしさであろう。

日常の中で、心の均衡が崩れそうになる、その手前で安定を維持するため、自分には短歌創作という表現行為があったことと思う。そしてそれを支えてくれたのは、「音短歌会」の仲間であった。編集に際しては、松本高直氏をはじめ、「音」の方々から貴重な助言をいただいた。今は亡き武川忠一先生、そして音の会員の皆様に御礼を申し上げたい。

出版にあたっては、第一歌集上梓の際にお世話になった本阿弥書店の奥田洋子氏にお世話になった。ありがとうございました。

二〇二一年六月

桜井　健司

音叢書

歌集　平津《ひらつ》の坂《さか》

令和三年八月三十一日　初版発行

著　者　桜井　健司

〒二二五—〇〇〇二

神奈川県横浜市青葉区美しが丘三—六六—五八

発行者　奥田　洋子

発行所　本阿弥《ほんあみ》書店

〒一〇一—〇〇六四

東京都千代田区神田猿楽町二—一—八　三恵ビル

電　話　〇三（三二九四）七〇六八（代）

振　替　〇〇一〇〇—五—一六四四三〇

印刷製本　日本ハイコム株式会社

定　価　二九七〇円（本体二七〇〇円）⑩

ISBN978-4-7768-1566-2　C0092（3282）　Printed in Japan